HÉLÈNE
ET LES DISAPPEARING GAMERS

Tip TONGUE

DES ROMANS QUI PASSENT PETIT À PETIT EN ANGLAIS

Tip Tongue, c'est un voyage en immersion

Le héros, un jeune Français comme le lecteur, part en voyage dans un pays étranger et vit une aventure aux côtés de personnages qui parlent... anglais. Comme dans la vraie vie !

Avec Tip Tongue, lire de l'anglais devient naturel

Pas besoin de dictionnaire ! Au début du roman, la langue étrangère se trouve seulement dans les dialogues, puis elle entre petit à petit dans la narration. Le lecteur comprend tout grâce aux stratégies des personnages pour communiquer. Le dernier chapitre est à 100% en anglais.

L'audio-book

Chaque titre offre une version intégrale audio téléchargeable. Un véritable bain de langue avec des accents authentiques pour découvrir comment se prononce un mot en langue étrangère au moment où on le lit !

MP3
VERSION AUDIO GRATUITE

Pour découvrir la collection et écouter un extrait :
http://tiptongue.syros.fr

Tip Tongue se décline en anglais, espagnol, allemand… et pour tous les âges, de 8 à 17 ans.

La collection a obtenu en 2015 le **Label européen des langues**, récompensant l'excellence en matière d'apprentissage innovant. Chaque roman correspond à un niveau cible du **CECRL** (Cadre européen commun de référence pour les langues), sur lequel sont basés les programmes scolaires :

A1 (primaire et 6e), A2 (collège), B1 (lycée).

S'immerger

Se passionner

S'amuser

Être en empathie avec les personnages

Partager

Être encouragé, motivé

Être bienveillant

Répéter

Être créatif

Lire de bonnes histoires

S'améliorer

TIP TONGUE, C'EST UN ÉTAT D'ESPRIT : PLAISIR, CURIOSITÉ, CONFIANCE EN SOI !

Tip TONGUE

Une collection dirigée par Stéphanie Benson

Label européen des langues

En partenariat avec l'UFR Langues et Civilisations
Université Bordeaux-Montaigne.

www.tiptongue.u-bordeaux-montaigne.fr

Université BORDEAUX MONTAIGNE

Illustrations de Julien Castanié

ISBN : 978-2-74-851730-9

25, avenue Pierre-de-Coubertin, 75013 Paris

NICOLAS LABARRE

HÉLÈNE ET LES DISAPPEARING GAMERS

SYROS

Chapter One

HOME(S)

— Don't forget your bag, Pumpkin!

Hélène attrape sur la banquette arrière le sac qu'elle était effectivement sur le point d'oublier et fait la grimace. Elle n'a jamais aimé les surnoms, mais c'est sans doute le pire qu'on lui ait donné. « Pumpkin » veut dire « citrouille ». Quand Paul, son beau-père, a commencé à l'appeler comme ça, il lui a expliqué qu'aux États-Unis c'est un surnom mignon et affectueux. Il n'a toujours pas compris qu'en France on ne compare pas les gens à une grosse courge orange si l'on veut leur dire quelque chose de mignon et d'affectueux. Mais c'est plus fort que lui. Elle réussit à sourire en lui lançant :

– Bonne semaine, Paul, et embrasse maman !

Il a encore du mal avec le français mais, après une semaine de collège, Hélène n'a pas non plus très envie de faire des efforts pour parler anglais.

– Have a good week! lance Paul en se contorsionnant sur son siège pour lui faire la bise.

Un vendredi sur deux, depuis quatre mois, Paul accompagne Hélène chez son père, et vient l'y rechercher la semaine suivante. Ça s'appelle une garde alternée côté parents et un domicile alterné côté Hélène.

Sac en main, elle s'arrache du cocon bien chaud de la voiture, en fourrant dans sa poche son vieil album de *Batman*, qu'elle était en train de lire. Elle a vu les films avec une amie l'an dernier, mais elle préfère nettement la bande dessinée, le super-héros détective plutôt que la brute à voix rauque bardée de gadgets. Elle retient soigneusement les pages qui se détachent, de plus en plus nombreuses à chaque relecture.

La voiture s'éloigne dans le crachin léger de ce début de soirée de septembre, la lumière rouge des feux arrière explosant entre les gouttes comme les pixels dans un vieux jeu vidéo, jusqu'au moment où Paul tourne au coin de la rue Franklin pour repartir vers la porte des Lilas.

Hélène se réfugie sous le porche de l'immeuble, ouvre la porte avec le digicode et pose son sac par terre devant l'ascenseur. La liste habituelle dépasse d'une poche latérale : trousers, sweaters, tee-shirts, underwear, something to read. En face de chaque ligne, une petite case vide à cocher au moment du retour. Paul et sa mère ont adopté cette méthode afin d'éviter d'avoir à revenir en urgence pendant « leur » semaine pour déposer un livre ou des vêtements oubliés. En dessous, une ligne manuscrite à l'encre bleue : *Have fun! Don't stay up too late!*

Don't stay up too late! Aucun risque qu'elle puisse même espérer se coucher tard. S'il y a bien une chose sur laquelle ses parents sont encore d'accord, c'est sur la nécessité de l'envoyer au lit juste après le repas. Ça et l'idée selon laquelle elle serait trop jeune pour avoir son propre téléphone. Elle a douze ans, et ils la traitent comme une gamine ! Enfin, ce n'est pas si grave. La semaine est finie et, avec un peu de chance, son père aura mis sur son disque dur quelques minutes du film auquel il travaille. Il supervise l'intégration des effets pour un studio d'images de synthèse parisien, et il ne résiste pas souvent à l'envie de montrer son œuvre. Il n'est pas censé le faire, mais il n'a jamais été très bon pour garder les secrets. D'autant qu'avec toutes les idées qu'Hélène lui donne chaque week-end, il lui doit bien ça.

Au troisième étage, elle appuie sur la sonnette, écoute les notes stridentes résonner derrière la porte, attend, prête à se jeter dans les bras de son père, mais personne ne vient ouvrir. Au bout d'un moment, Hélène finit par sortir sa clé de sa poche et entre, agacée de ne pas être accueillie.

– Papa ! Je suis arrivée ! Tu peux enlever ton casque !

Laissant son sac dans l'entrée, elle se dirige vers le bureau en évitant les piles de livres et de cartons qui traînent dans toutes les pièces. Son père n'a jamais pris la peine d'acheter des meubles ou de décorer l'appartement, mais il accumule en permanence des choses merveilleuses : des livres illustrés, des films rares, des mangas non traduits. Et il dépose ses trésors là où il peut, le plus souvent au milieu du passage.

Les rais de lumière colorée dans le couloir lui confirment qu'un moniteur est en marche dans la pièce du fond. Son père est sûrement devant son jeu vidéo, pour changer. Incroyable qu'il y passe tellement de temps ! Elle aimait bien quand ils jouaient cinq minutes ensemble sur son téléphone ou sa vieille DS mais, depuis quelques mois, ça tourne un peu à l'obsession.

– Papa, c'est vendredi ! Je suis là ! Tu as quelque chose à manger, au moins ? J'ai faim, et c'est toi qui cuisines.

Son ton est plus agressif qu'elle ne le voudrait, mais cela n'a pas grande importance. Si son père n'a pas entendu la sonnette, elle pourrait aussi bien chanter à tue-tête sans le déranger.

Alors qu'elle s'apprête à lui dire tout le bien qu'elle pense de son accueil, Hélène se fige. Elle s'attendait à tout, sauf à ça. Son père n'est pas en train de jouer. Son front est appuyé contre le clavier de l'ordinateur. Son bras droit repose sur la surface du bureau, l'autre pend mollement le long de son corps. Rien ne bouge.

– Papa ?

Sa voix n'est plus qu'un chuchotement, mais peu importe. Son père ne l'entendra pas. Il est immobile et sans connaissance, sans doute depuis un bon moment.

Hélène pousse un cri perçant.

15

Chapter Two

AT THE HOSPITAL

Hélène ne s'arrête de crier que lorsque la douleur dans sa gorge se transforme en une quinte de toux qui la plie en deux. Quand elle se redresse, elle se sent de nouveau capable d'agir. Elle relève son père avec délicatesse. Il est lourd et inerte dans ses bras, comme un de ces mannequins qu'elle s'entraîne à remonter du fond de la piscine, pendant les cours de natation. Le paysage virtuel de *Thrones of the Kingdom*, le jeu sur lequel il passe tout son temps libre depuis des mois, défile sur l'écran et baigne la pièce d'une lumière changeante.

Dans les romans et les bandes dessinées que lit Hélène, le héros appellerait sans doute une ambulance ou directement la police, mais elle penche plutôt pour Ingrid, sa mère.

Quelques dizaines de minutes plus tard, la voiture de Paul suit tant bien que mal l'ambulance qui emmène le père d'Hélène à l'hôpital. Hélène, assise à l'arrière, ne parvient pas à saisir les paroles qu'échangent à mi-voix son beau-père et sa mère. Le front de celle-ci est marqué d'un pli d'inquiétude qu'Hélène connaît trop bien.

Quand Ingrid revient vers eux après avoir parlé au médecin de l'hôpital, le pli est plus profond encore, et sa voix tremble d'une colère contenue.

– The doctors don't know what's wrong. They just don't know.

– What do you mean? demande Paul.

Hélène s'accroche, essaie de comprendre leur échange. « Don't know », ils ne savent pas...

– Ils ne savent pas quoi, maman ?

– Ils ne savent pas ce qu'a ton père. Ils l'ont examiné, enfin ils ont commencé, et ils ne trouvent rien. Il est inconscient, mais sans raison, sans symptôme. Ils ne comprennent pas.

Paul a l'air à la fois étonné et soulagé :

– So it's not a stroke?

– What's a stroke? demande Hélène.

– It's... what do you call it in French?... The heart...

Paul ne trouve pas le mot. Alors il pose la main sur sa propre poitrine et imite les battements du cœur, avant de les arrêter brusquement et de mimer un mort.

Ingrid se décide à traduire :

– Nous ne voulions pas t'inquiéter, mais Paul et moi avions très peur que ce ne soit un AVC, ou une crise cardiaque. Heureusement, *a priori* son cœur va bien.

Puis, s'adressant à Paul :

– No, it's not a stroke, his heart is beating fine.

Hélène hésite entre les deux langues. Paul a fait de gros efforts pour lui expliquer ce qu'il voulait dire, alors elle tente de lui rendre la pareille :

– So, Dad is fine?

Ingrid ne répond rien, et aucune traduction n'est nécessaire pour comprendre que les choses ne vont pas si bien que cela.

Bientôt, sa mère retourne parler au médecin, accompagnée de Paul. Ils lui ont acheté un chocolat chaud au distributeur, mais elle n'a aucune envie de rester assise avec sa boisson trop sucrée. Elle la pose sur une petite table grise encombrée de magazines et décide d'ignorer le panonceau qui indique que les visites des enfants de moins de quinze ans ne sont pas autorisées le soir. Les couloirs qui mènent à la chambre de son père sont déserts.

Il est étendu dans un lit bardé de mécanismes complexes, baigné d'une lumière blanche et dure, qui dessine les os sous la peau de son visage.

Il ne paraît pas malade, plutôt absent. Absent de lui-même. Hélène ne reste que quelques instants à ses côtés avant de rebrousser chemin, en essayant de s'empêcher de trembler.

Elle repense à l'expression de colère et d'inquiétude de sa mère. « The doctors don't know... » Comment est-il possible qu'ils ne sachent pas ? Elle refait l'inventaire de ce qu'elle a vu, se remémore la scène qu'elle a découverte dans l'appartement. Est-ce qu'elle a manqué quelque chose, un signe qui expliquerait tout ? Est-ce qu'elle a dérangé un indice sans le vouloir ? Elle repense à chacun de ses gestes, au coup de téléphone, à l'oreiller qu'elle est allée chercher, à l'écran qu'elle a fini par éteindre, mais ne trouve rien.

Quand elle revient dans le hall, son chocolat finit de refroidir là où elle l'a laissé, intact. Paul et Ingrid arrivent quelques minutes plus tard.

Au retour, sa mère s'assoit à l'arrière de la voiture à côté d'elle. Avant, elles voyageaient souvent de cette façon, pendant que son père conduisait dans la nuit, et elles finissaient par s'endormir, blotties l'une contre l'autre. Sa mère lui parle doucement. Son père va bien, il va se remettre. Hélène l'a entendue murmurer à Paul le mot « coma » un peu plus tôt, reconnaissable malgré les déformations des voyelles en anglais. Elle ne pose aucune question, terrifiée à l'idée de prononcer le mot à son tour. À la maison, elle se laisse réconforter, puis mettre au lit.

Juste avant de s'endormir, elle regarde son album de *Batman* sur la table de chevet. Le visage masqué du super-héros détective lui ramène à l'esprit la question qui l'obnubile. Est-ce que quelque chose lui a échappé dans l'appartement de son père ?

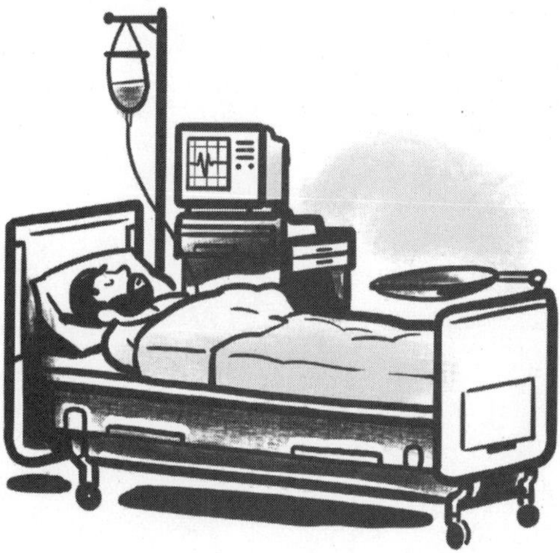

Chapter Three

HOME ALONE

Hélène est réveillée le lendemain matin par une main sur son épaule, qui la secoue doucement à travers la couette.

– Wake up, pumpkin!

Paul est assis sur le lit à côté d'elle. Ingrid se tient debout près de la porte, habillée avec élégance.

– Hein ? Il est quelle heure ?

– It's nine thirty, répond Paul. We waited for you to wake up, but your mother and I have to go now.

Go? Aller où à neuf heures et demie du matin ? Et pourquoi ?

– Vous partez où ? s'écrie-t-elle.

– Nous voulions attendre que tu te réveilles, ma puce, mais nous devons vraiment y aller. Tu sais, ce procédé sur lequel je travaille, la synthèse de carburant aux micro-algues ? Nous présentons le projet ce week-end, lors d'une conférence à Rouen. Je t'en avais parlé, tu te souviens ? J'aurais annulé n'importe quoi d'autre, mais ça je ne peux pas.

– Do you understand, Hélène? (Le nom sonne étrangement dans la bouche de Paul, il ne l'appelle jamais Hélène.) We were supposed to go yesterday…

– Nous étions censés partir hier, traduit Ingrid, inutilement.

Hélène a compris, et oui, elle se souvient, mais quand même, son père est à l'hôpital, non ?

– Mais papa ? s'exclame Hélène en regardant sa mère d'un air incrédule.

– J'ai pris des nouvelles ce matin, il est toujours dans le même état. Il ne se réveille pas, mais il n'a rien. Son cœur bat, ils vont faire d'autres examens. S'il y a du nouveau, ils nous contacteront tout de suite.

– We know you're worried, intervient Paul. We're all worried, but there's nothing we can do. If anything happens, the hospital will call.

« Worried » ? Hélène n'est pas inquiète, elle est révoltée. Ils vont partir ? Comme ça ?

– Mais, maman, si papa a besoin de nous ?

– Écoute, ton père est entre les mains de professionnels. Nous ne pouvons rien faire de plus pour le moment. S'il te faut quoi que ce soit, tu peux compter sur Lindsay et Glenn.

Lindsay et Glenn sont les enfants de Paul. Elle a dix-neuf ans, lui en a seize.

– Maman ! Tu ne peux pas juste me laisser, *nous* laisser !

– Il le faut, ma chérie. Je t'assure. Nous serons de retour demain matin. Nous ne partons que pour une journée et une nuit.

Hélène ravale ses larmes quand la porte se referme sur Paul et sa mère. Elle va se caler dans le grand canapé du salon. Depuis les étagères, les personnages colorés de ses vieux guides *Pokemon* l'observent avec une curiosité de héros de papier. Au bout d'un moment, le regard des bestioles devient si oppressant qu'elle se lève pour s'installer plus loin, dans un fauteuil, son *Batman* ouvert sur les genoux. Elle connaît par cœur les moindres rebondissements de l'enquête, relue si souvent, mais les pages familières l'apaisent un peu.

Glenn vient s'asseoir dans le salon peu après le départ d'Ingrid et de Paul. Il allume la télévision et passe de chaîne en chaîne sans ordre apparent. Un regard vers Hélène suffit cependant à le convaincre de baisser le son jusqu'à ce qu'il ne subsiste plus qu'un murmure.

Quelques minutes s'écoulent ainsi, puis Lindsay paraît à son tour. Elle traverse le salon en passant devant l'écran, ignorant son frère autant qu'Hélène. Une fois dans l'entrée, tout en enfilant son manteau, elle leur lance :

– I'm off. The library, then a movie. You two just relax, watch TV, and I'll be back as soon as I can.

Elle reviendra quand ? « Soon » ? « Bientôt » ? Non, « as soon as... », aussitôt qu'elle pourra. « Library », c'est la bibliothèque. Puis un film. Elle ne sera pas de retour si tôt que ça ! Malgré son agacement, Hélène ne peut pas s'empêcher de la trouver magnifique.

Lindsay ressemble à l'actrice d'un film de Hitchcock qu'elle a vu avec son père. *Movie star*, c'est ce qui était écrit sur la jaquette du DVD, une star de cinéma. Très blonde, les cheveux tirés en arrière et le visage fin, avec un pas rapide qui ne semble jamais forcé pour autant. Elle ne traverse pas les pièces, elle les habite.

– You've got my phone number if there's a problem, dit-elle, la main sur la poignée de la porte.

Hélène a bien ce « phone number », mais elle ne voit pas pourquoi elle aurait envie de l'appeler. Elle ne veut pas qu'on s'occupe d'elle, elle voudrait juste comprendre ce qui est arrivé à son père.

Son visage a dû trahir sa frustration. Lindsay arrête son geste et lui adresse un demi-sourire rassurant, avant de lui dire doucement :

– Listen, I know it's hard for you, with your dad in hospital, but I have to go. You'll be fine.

C'est dur, oui. Depuis le canapé, Glenn a marmonné quelque chose qui pourrait passer pour un assentiment.

– All right? demande Lindsay.

– All right, acquiesce Hélène, puis elle ajoute : Have fun!

Ces mots, les mêmes que ceux laissés par Paul et sa mère sur la liste des choses à ne pas oublier, semblent satisfaire Lindsay. Elle lui sourit encore puis referme la porte, pressée de retrouver ses amis.

L'horloge à aiguilles élégamment rétro accrochée au mur marque onze heures à peine passées.

– Right. If you need me, I'll be in my room, lance Glenn en éteignant la télévision, avant de disparaître dans le couloir.

« Need », le besoin, comme dans ce jeu, *Need for Speed*, et son horrible adaptation filmée, dont elle a vu la bande-annonce par erreur en cherchant celle du film avec Ryan Gosling. Glenn sera dans sa chambre, comme d'habitude. Mais elle n'a pas besoin de lui, comme elle n'a pas besoin du numéro de téléphone de Lindsay.

– I just need my dad, murmure-t-elle pour essayer le mot.

Batman la regarde depuis la couverture usée de son livre. Hélène le fixe à son tour, puis fronce les sourcils. L'illustration n'a pas bougé et, pourtant, c'est comme si le super-héros essayait de lui dire quelque chose. Puis tout devient clair. Elle doit résoudre l'énigme. Pas celle du livre, mais celle qui s'impose à elle. Celle de son père qui gît sans connaissance et qui pourtant n'a rien. L'énigme face à laquelle même les médecins sont impuissants. Son père s'est effondré dans un appartement fermé, devant un jeu vidéo, et c'est elle qui a découvert la scène. Elle repense aux paysages fantastiques de *Thrones of the Kingdom* qui s'affichaient sur l'écran de son ordinateur et elle a soudain la conviction qu'il est survenu quelque chose pendant le jeu, dans le jeu lui-même. Et, pour comprendre ce qui s'est passé, elle n'aura besoin ni de Glenn ni de Lindsay. C'est son père, et elle va l'aider.

DC
BATMAN

Chapter Four

THE GAME

L'appartement est grand et résolument moderne. Les murs couverts d'une peinture laquée couleur crème sont barrés par endroits de bandes verticales chocolat, assorties aux meubles épurés, formes géométriques et matières contemporaines. Dans un coin du salon, à l'écart, il y a le vieil ordinateur familial, une boîte assez laide, posée sur un meuble banal et un peu bancal, comme une faute de goût inexplicable dans l'ensemble trop parfait. Hélène s'installe devant. Si tout a eu lieu dans le jeu vidéo, c'est par là qu'elle doit commencer.

Quelques secondes plus tard, le site de *Thrones of the Kingdom* s'affiche à l'écran. Des éclairs illuminent un paysage de ruines anciennes, parcourues par des ombres chinoises imposantes. Enfin, un texte apparaît :

Fight for the thrones of the Kingdom. Choose your path, rise through the ranks, harness the powers of ancient weapons and become a legend. Thrones of the Kingdom is the new generation of online role-playing. More than a game: a world.

Malgré ses progrès en anglais depuis qu'elle vit avec Paul et ses enfants, Hélène est perdue. Elle hésite à aller chercher un dictionnaire, puis a une meilleure idée. Un copier-coller plus tard, un site de traduction automatique lui propose la solution :

Lutte pour les trônes du royaume. Choisis ton chemin, gravis les échelons, exploite les pouvoirs des armes anciennes et deviens une légende. Trônes de la France est la nouvelle génération de rôle en ligne. Plus qu'un jeu : un monde.

Hélène n'est pas convaincue par la traduction. S'il y a bien une chose dont elle est certaine, c'est que « Kingdom » ne veut pas dire « France », mais « Royaume ». Malgré ces bizarreries, le texte traduit lui permet de comprendre l'essentiel. Il lui permet aussi de constater qu'il lui manque toujours ce qu'elle est venue chercher : un mode d'emploi pour entrer dans le jeu.

Quand l'animation reprend au début, Hélène comprend qu'elle devra chercher des informations ailleurs. La page Wikipédia du jeu est en anglais. Elle la parcourt en diagonale : *Based on the series of novels by George C. C. Upton.* Une série de nouvelles. Non, le terme est écrit sur la couverture du *Seigneur des anneaux*, *The Lord of the Rings* en anglais, que son père a acheté en plusieurs exemplaires, au fil des années. « Novels », ce sont des romans. Inspiré de la série de romans... Elle fait défiler la page et finit par trouver une autre rubrique. *The game has gone into closed beta, with less than 100,000 players invited.* Elle reconnaît « closed », « fermé », et « players », « joueurs ». Le jeu est fermé, réservé à 100 000 joueurs invités ? Un nouveau copier-coller lui confirme que c'est à peu près ça. Mais elle ne sait toujours pas comment y jouer, comment faire apparaître autre chose que ces ombres chinoises et ce texte sibyllin que lui présente le site.

Pour ne négliger aucune piste, elle se rend aussi sur la page de George Upton, mais il semble qu'il n'ait aucun rapport direct avec le jeu, qui adapte la série télévisée elle-même adaptée de ses livres.

Elle a dû manquer un indice. Il doit bien y avoir un moyen d'entrer dans le jeu, peut-être par le biais d'un autre site, un peu moins en évidence. Dans le moteur de recherche, elle essaie plusieurs combinaisons, sans succès, en ajoutant au nom du jeu « players », « invited » et « closed beta ». Puis elle se dit qu'il pourrait y avoir, tout simplement, une liste de joueurs autorisés, et elle saisit le nom de son père à côté de celui de *Thrones of the Kingdom*.

À sa grande satisfaction, l'écran affiche une poignée de liens. Elle essaie le premier.

Man Found Unconscious. Online Game to Blame?

L'article est en anglais et il provient apparemment d'un quotidien. Les premiers mots du texte accrochent son regard : le nom de son père. Cyril Blain. « Unconscious », c'est « inconscient », non ? Le traducteur en ligne le confirme. Mais l'article date d'il y a une semaine alors qu'il semble parler de ce qu'elle a vécu hier.

When his wife found him, he was playing an online game, which was later confirmed as the soon-to-be released Thrones of the Kingdom. *Doctor Wells, who examined Cyril Blain, expressed his concern that the game may be connected to Blain's condition. The incident could be a major issue for a game designed as a possible challenger to* World of Warcraft *and* League of Legends.

Hélène fronce les sourcils. Pourquoi un journal en anglais parlerait-il de ce qui est arrivé à son père ? Et comment aurait-il pu savoir une semaine à l'avance ce qui allait se produire ? Hélène survole le texte en s'accrochant à tout ce qu'elle comprend pour trouver une explication.

« Wife », c'est sa femme. Quand (« When »), elle l'a trouvé (« found him »), il jouait à (« was playing ») un jeu en ligne (« online game ») qui sortira bientôt (« soon-to-be released »), *Thrones of the Kingdom*. Le docteur qui l'a examiné a été concerné que le jeu était connecté à la condition de Blain. Ça ne sonne pas très juste, mais elle a compris.

En cherchant en haut de la page, elle identifie le nom du journal : *The Toronto Star*. Toronto ? Au Canada ? Hélène revient en arrière et ouvre le second article, de nouveau en anglais. Le nom de Cyril Blain apparaît cette fois encore dans les premières lignes, associé à celui de divers jeux en ligne, et ce mot encore, « unconscious » qu'elle a vite mémorisé. Les mêmes mots, mais les dates et les lieux ne coïncident pas.

Quinze minutes plus tard, Hélène a parcouru quatre articles. Trois racontent une histoire similaire, le quatrième évoque un accident de voiture dans l'Arizona, et ils ont tous été publiés dans des pays différents au cours de la dernière semaine. Les articles ne parlent pas de son père, mais d'autres Cyril Blain, partout dans le monde. Que son père ait des homonymes sur différents continents ne l'étonne qu'à moitié, qu'ils aient joué eux aussi à *Thrones of the Kingdom* est déjà plus étrange, mais qu'ils se soient tous évanouis au cours de la semaine passée, c'est franchement incroyable.

Et pourtant, il faut bien se rendre à l'évidence. Son père n'est pas un cas isolé. Qu'est-ce que cela peut bien vouloir dire ? Hélène mobilise les souvenirs qui lui restent de tous les récits policiers qu'elle a lus. Non seulement *Batman* et *Détective Conan* mais également *Sally Lockhart* et les nouvelles de Sherlock Holmes. Peut-être y a-t-il dans cette liste de victimes un Cyril Blain particulier, avec des responsabilités, des secrets, et qui est donc la vraie cible... Peut-être l'un des Cyril Blain a-t-il fait quelque chose de terrible, et on essaie de l'éliminer en les éliminant tous... Les articles de presse ne donnent aucune explication. De toute évidence, les journalistes n'ont pas vu le lien entre ces hommes qui ont perdu connaissance la même semaine, dans des régions du monde si éloignées les unes des autres. Aucun détective, pourtant, ne pourrait croire qu'il s'agisse d'une coïncidence.

Les mains d'Hélène tremblent. Elle a mis le doigt sur un mystère si épais que personne d'autre qu'elle n'en connaît l'existence. Elle ignore quelle en est la clé, mais elle est certaine d'une chose : c'est bien dans le jeu qu'il faut la chercher. Cette conviction ne fait que la ramener en arrière, au premier véritable obstacle qu'elle a rencontré. Ce jeu, elle ne sait toujours pas comment y entrer.

Chapter Five

GETTING IN

Hélène finit par comprendre qu'elle a pris le problème à l'envers. Puisque les concepteurs de *Thrones of the Kingdom* ont invité un certain nombre de personnes à jouer avant de rendre le jeu public, ils ont forcément dû les contacter d'une manière ou d'une autre. Logiquement, cela s'est fait par courriel.

Quand elle était petite, avant d'avoir sa propre adresse électronique, Hélène se servait du compte de son père pour envoyer des messages. Les codes d'accès n'ont pas changé, elle fait une recherche avec le nom du jeu et retrouve aussitôt un message qui date d'un peu plus de sept mois et propose à Cyril Blain de tester la version bêta de *Thrones of the Kingdom*. Elle clique sur le message suivant. Gagné ! Quelques messages plus loin dans l'échange de courriers, elle découvre ce qu'elle cherche : le lien vers la véritable page de connexion du jeu.

Elle clique sur le lien, retient son souffle, puis pousse un juron.

Sur le moniteur, les ombres chinoises poursuivent leur ronde infinie. Mais, à présent, elles encadrent une fenêtre qui contient un seul mot, *password*. Il faut un mot de passe, et elle n'a aucune idée de celui que son père a pu choisir.

– What's wrong?

Glenn est derrière elle, occupé à fouiller dans un paquet de biscuits au chocolat.

– I have not the password, répond Hélène sans le regarder.

– You don't have the password. Yes, I can see that. Is it for a game?

Il a la voix de Paul quand il corrige son anglais, et Hélène se retient de l'envoyer promener. Elle a surtout envie qu'il la laisse tranquille. Impossible de se concentrer en entendant Glenn mastiquer ses gâteaux.

– C'est *Thrones of the Kingdom*. Je n'arrive pas à commencer une partie.

– Isn't that supposed to be even better than *World of Warcraft*? Do you have an account or are you just hoping to get one?

En parlant, Glenn arrête de massacrer le paquet de biscuits pour se pencher vers l'écran, tendu et attentif.

– Je ne comprends pas, affirme Hélène en reprenant en français puisqu'il ne peut pas s'empêcher de lui faire des remarques sur son anglais. Un compte ?

– Yes, an account. You know, login and password? The game is still in beta, so unless you have an account, you're not going to be able to play.

Il parle vite avec la bouche pleine, mais Hélène s'accroche à ce qu'elle parvient à saisir.

– In beta! Yes! My father has a count!

– Your father has an account, corrige-t-il.

Mais il semble prêt à l'aider, alors Hélène poursuit :

– My father has an account, but I have not... I don't have the password.

Glenn se penche vers l'ordinateur et lui prend la souris des mains. En quelques gestes rapides, il clique sur tout ce qui se trouve à l'écran, fait surgir deux fenêtres de texte, les referme, essaye le clic droit, parcourt des menus grisés, puis se redresse, déçu.

– Right. You have an account on the beta. You have a login but you don't know your password. How is that even possible?

Comme la veille dans la voiture de Paul, Hélène se sent fatiguée d'être la seule à faire des efforts, fatiguée de devoir parler anglais en permanence. Cette fois pourtant, elle se force. L'enjeu est trop important. Elle a du mal à l'admettre, mais pour aider son père, il se peut vraiment qu'elle ait besoin de Glenn.

– My father play the game, commence-t-elle pour expliquer le lien avec son père.

– My father plays, la reprend Glenn...

– Yes, fine, he plays the game, poursuit Hélène. I looked at his e-mail and finded the account but no password.

En s'entendant dire « finded », Hélène se mord les lèvres et repense à ces verbes irréguliers infernaux. « Find, found, found. » Cette fois, cependant, Glenn est trop concentré pour lui faire remarquer son erreur.

– You didn't find the password? Let me have a look, it has to be there somewhere.

Il prend une chaise pour s'asseoir près d'elle afin de lire plus à son aise le courriel qui souhaite la bienvenue à Cyril Blain sur *Thrones of the Kingdom*. Il le lit, le relit avant de demander :

– That's all there is?

« All », « tout », « there is », « il y a ». Glenn veut savoir si c'est tout ce qu'il y a.

– Yes, and there is not the password, rappelle Hélène.

– I can see that. Well, it's going to be a bit more difficult than expected. Luckily for you, I know a thing or two about passwords.

Hélène ne saisit pas tout, seulement que cela sera difficile, et que Glenn sait… une chose ou deux concernant les mots de passe ?

– You know… a thing or two?

– I know passwords, explique-t-il. I'm good with passwords.

Enfin elle comprend. Glenn s'y connaît en mots de passe. Il lui sourit d'un air si confiant qu'Hélène est prête à le croire sur parole. À essayer, au moins.

Tout en discutant, Glenn l'a repoussée sur le côté pour se placer lui-même face à l'écran. Après avoir ouvert une dernière fenêtre, il lui fait signe de reprendre sa place devant le clavier. Quand il est satisfait de la disposition d'Hélène, du clavier, de l'écran et des chaises, Glenn reprend la parole, d'un ton très professoral.

– So, now we are going to write an email.

– An email? But why?

– To convince them to send us a new password. Because you've reinitialized your computer and you've forgotten your password. When they do that, you get to play the game. It's simple.

Hélène a reconnu « send » : c'est ce qui remplace le bouton « envoyer » dans la version anglaise de la boîte aux lettres électronique. Glenn et elle doivent convaincre (« convince ») les producteurs du jeu de leur envoyer un nouveau mot de passe. Le plan ne lui paraît pas aussi simple que Glenn le dit.

Malgré tout, elle se décide à écrire quelque chose, n'importe quoi, pour amorcer le travail. *Hello*. Glenn n'a pas l'air enthousiaste. Ils se regardent un instant, puis elle lui cède sa place devant le clavier. Il efface le mot et le remplace par *Dear Sir or Madam*, dans un cliquètement rapide de touches de clavier.

– Give me details, when did he start playing?

« When », il veut savoir quand son père a commencé à jouer. Hélène essaie de se souvenir précisément. Jusqu'en janvier, il travaillait sur les effets pour le film Disney, il n'avait pas le temps de faire autre chose, seulement de lui montrer des petits extraits en cachette quand elle venait. Il lui a parlé du jeu pour la première fois à la fin du projet, mais elle lui a dit que ça ne l'intéressait pas et il n'a pas insisté. C'était juste avant les vacances, en février. Elle se souvient qu'elle avait son gros sac plein d'affaires de ski.

– February, affirme-t-elle en se récitant silencieusement les mois de l'année appris en primaire. He started in February.

Glenn termine rapidement leur message, un gros paragraphe ventru dans lequel Hélène reconnaît beaucoup de choses : la formule de politesse, « my name is Cyril Blain », « February », « password », « forgotten », « email address ». Avec un geste théâtral, Glenn clique sur le bouton « send », et la fenêtre se referme, le message est envoyé.

– So now we wait for the answer.

Dear Sir or Madam,
SEND

SUPER
MARIO
JOY DIVISION
STARWA

Chapter Six

PASSWORDS

Ils se sont vite mis d'accord pour se faire cuire des pâtes à la tomate, en évitant soigneusement les options à base de légumes frais notées sur un post-it vert par Ingrid et soulignées par Lindsay. Ils se sont empiffrés avec satisfaction jusqu'à ce que la dernière farfalle ait disparu. Hélène est occupée à s'essuyer la bouche quand un « ping » les rappelle tous les deux devant l'ordinateur. Le courrier électronique provient de l'éditeur de *Thrones of the Kingdom*.

Hello Cyril,

We have received your request to reset your password. I was able to verify your account with the information you provided. I do have an additional security question to finalize the change. Where was your character the last time you logged in?

Best,

Jacob

Online Response Crew

Hélène note avec plaisir que le message commence exactement comme elle l'aurait fait, avec « hello » à la place de la formule de politesse suggérée par Glenn, mais son plaisir est de courte durée. Ils doivent répondre à une question de sécurité : Où était votre caractère au dernier login ? Elle ne comprend pas.

– I don't understand, she says to Glenn. What character?

– They want to know where your father's character was, says Glenn.

Hélène secoue la tête pour montrer son incompréhension, et Glenn finit par saisir où est le problème.

– You don't know what a « character » is? It's a person in a story. You know, Aragorn, Harry Potter, princess Elsa... They are characters.

Hélène comprend enfin. Des personnages ! Ils veulent savoir où était le personnage que jouait son père au dernier login. Hélène se souvient de l'écran fixe, avec des montagnes, des rivières, une colline...

– I see... I saw where, but I don't know the name. Maybe I can find it.

Cette fois, c'est elle qui écarte Glenn pour ouvrir une page de dictionnaire en ligne. Elle se remémore les détails du paysage qui défilait sur l'écran de son père. Une chaîne de montagnes, trois ruisseaux qui convergent vers le pied d'une colline. Le dictionnaire lui offre des traductions qu'elle ajoute à mesure sur un croquis grossier. *Mountain range. Three brooks. A hill.* Dès que son schéma est terminé, elle le tend à Glenn.

– I saw this. There was a city too. An old city, in ruins.

– Good, Glenn says. And I found this. It's a small world!

Sur l'écran de son téléphone, il lui montre une carte minuscule ornée du nom du jeu en lettres d'or. Hélène repère quelques noms de lieux, reconnaît ceux de certaines des créatures fantastiques représentées sur les paysages virtuels, *Dragon Cliffs*, des falaises aux dragons, *Siren Creek*, une baie, non une crique aux sirènes. Ailleurs, des cités fortifiées voisinent avec des villages troglodytes, des temples imposants et des chaumières misérables, que Glenn fait défiler du doigt. La forme d'une chaîne de montagnes la met sur la piste. Elle reconnaît un alignement de pics déchiquetés, *The Giant's Teeth*, qui se découpaient dans le lointain lorsqu'elle a trouvé son père inanimé. Quelques minutes leur suffisent ensuite pour identifier le lieu où se trouvait le personnage de Cyril au moment de sa crise. Glenn rédige aussitôt la réponse et, cette fois, son courrier électronique commence par un simple *Hello*. Hélène savoure son triomphe en silence.

La réponse leur parvient presque aussitôt. Un lien de connexion, un nouveau mot de passe. Glenn se vautre en arrière sur sa chaise avec un air plus que satisfait.

– See? I told you I know a thing or two about passwords. Just ask a human being. People are always happy to tell you their secrets.

Tout en parlant, Glenn a suivi le lien indiqué dans le courrier et commencé à télécharger le jeu. La carte qu'ils contemplaient sur son téléphone il y a quelques minutes occupe désormais l'écran de l'ordinateur, barrée de la mention *Downloading, please wait*. Une barre d'état verte se remplit imperceptiblement.

Pendant une minute, peut-être plus, ils la regardent progresser avec lenteur. Glenn commence à faire craquer les doigts de sa main gauche, à s'agiter, à taper du pied. La barre continue à se remplir, sans hâte. Elle n'a parcouru qu'un quart de sa trajectoire quand Glenn se lève, exaspéré, et ferme la fenêtre de téléchargement. Avant qu'Hélène ait eu le temps de protester, il s'engage dans le couloir et l'appelle en disant :

– Let's go to my room instead. We need a real computer.

– What?

Ça veut dire quoi, un vrai ordinateur ? Se souvenant de ce qu'elle lisait sur l'écran quelques secondes auparavant, Hélène ajoute :

– Wait!

Mais Glenn a déjà disparu et Hélène se précipite à sa suite.

« My room », c'est le domaine privé de Glenn, la chambre dans laquelle personne ne rentre sans autorisation. Elle hésite un instant sur le seuil.

L'écran plat de l'ordinateur, le « real computer », comme l'appelle Glenn, est fixé au mur, entouré de posters de groupes de musique, de jeux vidéo ou de films. Ces affiches recouvrent chaque centimètre carré du papier peint, comme si l'Internet tout entier s'était invité dans la petite chambre. L'unité centrale translucide, posée sur le sol, est illuminée de bleu. Bientôt, la barre de téléchargement s'affiche et entame une progression rapide.

– That's more like it, Glenn says. We'll be online in a minute.

– I want learn to play, says Hélène.

– You want to learn to play? That shouldn't be too difficult.

– It's difficult? asks Hélène.

– No, not difficult. It will be easy. All of these games are the same, really: you have a mouse, you point, you click.

Prendre la souris, pointer, cliquer. Facile, en effet. Elle veut bien le croire, mais elle l'a déjà vu à l'œuvre avec son ordinateur, il est aussi à l'aise que si le clavier était une extension de lui-même. Facile, pour lui. Pour elle, c'est moins sûr.

– Can you teach me?

– Yes, sure, I can teach you. But why do you want to play? It's about your father, I get it, but why play the game? What do you expect?

« Expect » ? Qu'est-ce qu'elle attend du jeu ? Pourquoi est-ce qu'elle veut jouer ? Pour comprendre comment il est possible que des Cyril Blain partout dans le monde se soient retrouvés inconscients après avoir joué au jeu. Pour ne surtout pas penser au fait que son père est en ce moment allongé sur un lit d'hôpital, dans un coma que personne ne parvient à expliquer. Pour explorer jusqu'au bout la seule piste dont elle dispose.

– Maybe it's stupid... I play to find my father. I play to understand.

Glenn ne répond rien. Il ne se moque pas, et elle sait qu'elle a eu raison de lui faire confiance.

Le jeu démarre enfin et ouvre une fenêtre sur un autre monde, celui de *Thrones of the Kingdom*. Elle est de nouveau sur la piste. Avec un frisson, Hélène prend les commandes de l'avatar de son père.

LVL
XP

Chapter Seven

LEARNING TO PLAY

Lucius Dorin, level 12 warrior-priest, specialized in enchanted weapons. Part of the West Coast Scholar guild. Currently 3 975 experience points from the next level. No active quest.

Une sorte de longue robe blanche recouvre entièrement Lucius Dorin, surmontée d'une capuche brodée de bleu qui lui cache le haut du visage. L'épée qu'il tient à la main luit doucement, et Hélène n'a aucun mal à identifier l'arme enchantée mentionnée dans le descriptif du prêtre-guerrier. Quant au niveau ou aux points d'expérience, même les petits jeux sur téléphone ont adopté le principe. Sous la représentation du personnage, des cases en relief contiennent les badges des missions qu'il a accomplies, de *First Step* jusqu'à *Pumpkin Patch*. Bon sang, encore une citrouille. Elle éloigne le curseur et rentre dans le jeu proprement dit.

Pendant les premières minutes, Glenn ne cesse de glousser. Hélène essaye avec une panique croissante de maîtriser son personnage et, chaque fois qu'elle heurte un mur ou donne un coup dans le vide, Glenn ponctue l'action d'un petit « glouck » qu'Hélène entend distinctement malgré le casque sur ses oreilles.

– Stop it! Why do you do this noise? It's not funny! It's difficult!

– Well, since your character acts like a headless chicken – you know, a chicken with no head –, I'm making chicken noises. To encourage you.

– I'm not a chicken! Hélène says. I learn.

– I'm learning. It's a present continuous, because it's still going on.

Les moqueries et les leçons de langue… Hélène sait qu'elle doit utiliser un présent continu lorsqu'elle parle de ce qu'elle est en train de faire, mais dans le feu de l'action elle a oublié. Malgré l'irritation, elle répète mécaniquement la correction de Glenn :

– I'm learning to play the game.

– So keep learning. When you can play properly, I'll stop making chicken noises, I promise.

Elle s'applique pour contrôler la souris et éviter les gestes brusques qui amènent le curseur dans la rangée d'icônes au bas de l'écran. Chaque clic malencontreux sur les armes et armures qui y sont représentées déclenche invariablement une avalanche de fenêtres d'options et d'informations qu'elle doit ensuite laborieusement refermer.

Au bout de quelques minutes, elle parvient à se déplacer en ligne droite, sans fixer stupidement le ciel ni lancer des sorts à tout bout de champ. Elle a fini par inventorier tous les éléments présents à l'écran et la fonction de la plupart d'entre eux. En bas à droite se trouve une carte, qui se teinte de rouge quand elle se cogne à un objet. L'équipement s'aligne en bas de l'écran. Dans une petite fenêtre en haut à gauche, intitulée « log », s'affiche le journal qui consigne tout ce qu'accomplit Lucius, et qui mentionne surtout des collisions pour le moment. Il y a un parchemin, enfin, qui se déplie quand elle l'effleure et qui contient des sorts disponibles. D'autres fenêtres et d'autres menus sont dissimulés, prêts à surgir en cas de clic malheureux ou de fausse manœuvre, mais Hélène les ignore. Elle ferme aussi toutes les fenêtres de dialogue dans lesquelles d'autres joueurs proposent de l'aider et refuse systématiquement d'entamer une conversation audio avec eux.

Elle a bien assez à faire avec ce qui se trouve au centre de tout cela, ce monde du jeu qui occupe la majeure partie de l'écran, un monde dans lequel Lucius Dorin évolue avec l'assurance d'un héros. Surtout depuis qu'il ne se cogne plus dans chacun des arbres qui bordent la route.

Glenn a cessé de faire des bruits de poulet et finit par lui montrer quelques raccourcis de clavier, pour lui permettre de se déplacer plus vite, d'être plus efficace. Comme l'était son père, sans doute. La main gauche sur les touches fléchées, la main droite sur la souris, elle oublie de plus en plus qu'elle joue et ne voit plus que le monde dans lequel elle évolue.

Mais soudain, c'est la douche froide. Glenn regarde sa montre et se lève.

– You're doing well, Glenn says. When I get back, you can play some more.

– When you get back? I don't understand.

– I'm going out, he explains. I'm meeting some friends and we're going to a movie.

Il va au cinéma avec des amis ? Déjà ? Les volets de la chambre n'ont pas été ouverts de l'après-midi. Hélène cherche l'heure des yeux et finit par la trouver, projetée au plafond.

Presque 18 heures. Impossible qu'il soit si tard ! Ils viennent à peine d'installer le jeu, elle commence juste à découvrir comment manœuvrer son personnage, comment engager ses recherches ! Elle ne va pas s'arrêter en si bon chemin !

– Can I continue to play?

Il manque quelque chose à cette phrase. « Please » ?

– I'm sorry, but no, says Glenn. It's been fun. I'm glad you like the game but you're not staying in my room, playing on my computer when I'm not here. Sorry.

– It is important. Please? I do not touch the room! she insists.

– I'm sorry, you do not what?

– I will not touch the room, says Hélène, remembering to use the future tense. I really won't. I'll just play on the computer.

À l'écran, il ne reste presque plus rien de l'interface encombrée avec laquelle elle a débuté.

La carte, une rangée d'icônes en bas de la surface de jeu, elle s'est débarrassée de tout le reste pour ouvrir la fenêtre la plus vaste possible sur le monde virtuel.

– We will play again, but you have to wait until I come back.

Tout en poursuivant distraitement leur conversation, Hélène continue à jouer.

Elle parcourt une rue pavée, ruisselante de pluie, son épée brandie devant elle. Une prêtresse d'Arioch court à ses côtés, et ses conseils résonnent dans ses oreilles. Dans quelques secondes, elle tombera sans doute dans une embuscade générée par le système. En affrontant les brigands, elle gagnera de l'or et, avec l'or, elle pourra acheter des informations. Comme prévu, un mouvement s'amorce sur la droite, dans un recoin particulièrement sombre, elle...

La fenêtre se referme.

– Really, I'll be back soon, Glenn says, blocking her view of the screen and turning off the computer.

He doesn't look angry with her, but he is ready to leave. Il a dû sortir de la pièce et revenir pendant qu'Hélène était absorbée par sa partie.

Elle marche en titubant jusqu'à la porte de la chambre, les jambes engourdies d'être restée assise si longtemps.

– Don't wait for me if you want to have dinner, all right?

Glenn shuts the door of the apartment behind him. Hélène waits and listens. Trois étages plus bas, la porte de l'immeuble claque à son tour. Elle le croit quand il dit qu'il reviendra bientôt, mais elle n'a pas de temps à perdre. Son père a besoin d'elle. Elle rebrousse chemin jusqu'à la porte barrée d'une pancarte *Glenn's room*, l'ouvre et rallume l'ordinateur. Qui lui demande aussitôt : *Password?*

Sans hâte, Hélène soulève le clavier et retire le post-it corné qu'elle a repéré plus tôt dans la journée. *Noonetouchesmycomputer*. L'écran affiche brièvement *Welcome*, avant que la rangée d'icônes ne réapparaisse. Hélène enfile de nouveau le micro-casque et sourit en imitant avec satisfaction la voix de Glenn :

– I told you I know a thing or two about passwords...

Puis, poursuivant sur sa lancée, elle parvient à retrouver la fin de la réplique :

– People are always happy to tell you their secrets.

She's not happy to be disobeying Glenn, but she has to finish what she's started.

LVL
XP

Chapter Eight

BEING LUCIUS DORIN

– To the right, a troll! says a character.

– OK, I have it, Lucius shouts. Go help Mark!

– Be careful, Lucius! says the character. It's a big one!

– Don't worry, he answers. It's big, but it's just a troll!

The troll is really big. Il mesure deux fois la taille de Lucius Dorin. Ses bras démesurés pendent presque jusqu'au sol, mais ils se détendent avec une vitesse redoutable. Lucius fait un pas en arrière, puis un autre. Des croûtes brunes parsèment le torse et le visage difforme du monstre, comme une attaque de varicelle cauchemardesque. Il n'y a pas d'odeur dans le jeu, mais la simple apparence de la créature permet d'imaginer la pestilence qui l'entourerait.

– It's going to attack! Mark screams.

L'avertissement vient trop tard, et Lucius se fait percuter violemment par un des bras, lancé comme un fouet au ras du sol. Il perd l'équilibre mais réussit à bloquer le second coup, du plat de son épée. La bête lui lance un regard stupide et hésite un instant. Voyant l'ouverture, Lucius s'approche en courant et lui décoche un coup de taille, juste sous le bras droit. Aucune goutte de sang ne gicle, mais le scintillement familier se diffuse à l'ensemble du corps du troll. Un halo intense l'entoure, ne laissant plus percevoir qu'une silhouette brune, puis plus rien.

A message appears briefly on the right of the screen: *You have vanquished a mountain troll. You gain 125 xp. Lucius only needs 2 000 more xp for the next level.*

Lucius se tourne pour examiner le reste de la scène. Pendant qu'il s'occupait du troll, Mark et Throdin, le voleur et le nain, sont parvenus à se débarrasser des autres monstres. C'est par hasard qu'ils cheminaient côte à côte quand les créatures ont attaqué, mais ils ont fait face comme s'ils formaient une équipe.

– Well played guys, says Throdin. I think we're good here. I'm taking a short break, but I should be back soon. Don't go away!

Throdin, « the dwarf », agite les lèvres à l'écran, mais c'est son joueur qui va faire une pause et aller se dégourdir les jambes. L'illusion est rompue. Hélène est de retour dans la chambre de Glenn. Elle lève les yeux de l'écran et les frotte pour en effacer les images du monde de *Thrones of the Kingdom*. La voix de Mark lui parvient dans le casque, tandis qu'elle laisse son regard se perdre parmi les centaines d'images punaisées sur le mur.

– I usually do solo quests, but this was fun! You were impressive with the troll, Lucius,

I couldn't have done it. I was a warrior-priest before, like you, but I was never that good with a sword.

Hélène glisse un regard vers la fenêtre du dictionnaire en ligne, qui fonctionne en arrière-plan depuis le départ de Glenn, « impressive » veut bien dire « impressionnant ». Mark vient de lui faire un compliment.

– Thank you! You were impressive, too, she says.

– You're too kind. Anyway, I have to go. Nice playing with you!

Elle aussi devrait faire une pause, mais elle n'en a pas envie. Elle maîtrise le jeu, mais ce n'est que la première étape. Elle n'a toujours pas trouvé d'indice qui lui permettrait de comprendre ce qui est arrivé à son père. Hélène joue avec la souris pour changer de point de vue et admirer le paysage. Batman serait malheureux dans une campagne médiévale si radicalement différente de Gotham City. Est-ce qu'il ferait mieux qu'elle ?

Pendant ce temps, Lucius a continué à progresser sur le trajet préprogrammé qui doit le ramener en ville, et de là, elle l'espère, vers ce lieu qu'elle décrit aux personnages rencontrés comme « *The place where people vanish* ». Hélène a trouvé « vanish » pour « disparaître sans laisser de traces », et c'est le mot-clé qu'elle emploie depuis pour tenter d'obtenir des informations sur ces disparitions, en essayant au passage de faire le tri entre les indices solides et les simples rumeurs. Quelqu'un a mentionné une ville, celle où résidait un ami d'ami qui aurait quitté le jeu sans explication. C'est maigre, mais elle n'a pas mieux.

Suddenly, there's a new active zone in the game window. It is labeled *Friends*, and it contains just one name in addition to Lucius's: *Lucille Lightswing*. A woman's name.

Une silhouette arrive à grandes enjambées derrière Lucius.

– Cyril, there you are!

Hélène is so surprised she almost stops breathing. Cyril? Not Lucius?

– I was expecting you yesterday, the woman continues. We were supposed to go on a quest, remember? I waited for you all night. Where have you been?

Friends
Lucius's
Lucille Lightswing

Are we going to do that quest?
Sure. Fine.

Chapter Nine

THE ENCOUNTER

Hélène renfile le micro-casque. Elle ne sait absolument pas comment répondre. Si elle ouvre la bouche, la femme saura qu'elle n'est pas Cyril, son père. Est-ce qu'elle voudra encore lui parler ? Est-ce qu'elle lui laissera le temps de s'expliquer ? Le personnage que joue la femme est trapu sans être gros, avec une simple robe brune et des protections de cuir aux bras et aux jambes. Elle porte une épée dans le dos. After a few seconds of silence, she speaks again:

– Is something wrong with your connection? Can you hear me?

Almost immediately, the same words appear in the text-messaging window on the right of the screen. That's it! Hélène can write instead of speaking.

The microphone has a problem, Hélène writes. *I can hear you.*

C'est sans doute une erreur. Elle aurait dû demander de passer entièrement à l'écrit, pour pouvoir s'aider du dictionnaire. Lucille reprend aussitôt :

– Great. So, are we going to do that quest?

Sure. Fine.

– Hey, wait a minute. Didn't you tell me you had your daughter this week-end? Is she asleep? What time is it in France?

Hélène commence à taper *she sleep*, puis rajoute un *s*, avant de se souvenir des moqueries de Glenn et de ses bruits de poulet. Elle efface tout pour écrire : *She's asleep*, en reprenant la question de Lucille.

– All right then, I'm glad we'll have time to

finish what we started. I'd like to meet her someday. Is she a gamer too?

Yesterday, Hélène would have said she was not a gamer. A reader, yes, but certainly not a gamer. Tonight, however, she is perfectly sincere as she types: *Yes, she loves games.*

– You should create an account for her, says Lucille with enthusiasm. That would be fun. Father and daughter questing together!

The walls of the city are in front of them now, filling the horizon. Lucille change plusieurs fois de sujet et Hélène ne parvient plus à saisir que des mots épars, des noms de créatures, de lieux ou d'armes magiques. Elle essaye de s'accrocher, mais c'est de plus en plus difficile. Quand Glenn lui parle, il fait des efforts, accompagne ses mots par des gestes, mais cette femme pense qu'elle s'adresse à quelqu'un qui la comprend parfaitement.

– So, what would you like to do? There's this dragon, up in the hills, but I'm not sure we're ready yet.

La question flotte un instant dans le casque d'Hélène. Aussi vite que possible, elle interroge le traducteur en ligne. « Up in the hills », un dragon « dans les collines ». Tout cela prend trop de temps. Elle doit trouver l'endroit où les gens disparaissent. *The place where people vanish.*

La voix de Lucille insiste :

– Cyril? Are you there?

Hélène ne peut pas continuer à faire semblant. Malgré la boule dans sa gorge, elle répond à voix haute :

– I'm not Cyril. I'm Hélène, I'm his daughter.

– What? Helen?

La voix de Lucille porte toute la surprise que le visage numérique de l'avatar ne peut pas exprimer. Devant eux, une colonne de pénitents remonte la rue pavée sans leur prêter attention.

– Is this some kind of joke? Where is Cyril?

« Joke », comme le « joker », celui qui plaisante. Hélène n'a pas besoin de dictionnaire cette fois-ci.

– It's not a joke, she insists. I'm really Helen (elle prononce son prénom comme Lucille l'a fait et le reconnaît à peine) and my dad is... unconscious.

Parler est infiniment plus dur qu'écrire. À chaque syllabe, elle a peur que son anglais ne suffise pas, alors qu'elle a tellement besoin d'être convaincante.

– What do you mean, unconscious? Lucille asks. He's not home? Are you alone?

Pour « alone », le traducteur lui propose « seul(e) ».

– No. Yes, I'm alone. He... (a few clicks, while Helen looks for « évanoui »). He fainted. He is in the hospital.

– Oh my god! Is it serious?

Lucille a dû se rapprocher de son micro, Helen entend désormais distinctement son souffle, et avec lui une forme de panique qui ne peut pas être feinte.

– The doctors don't know. I think... it's the game.

– What game? Lucille asks.

– This game. *Thrones of the Kingdom*. He played it when he fainted.

– He was playing when he fainted? Lucille asks.

– Yes, and other men are unconscious too, and they played the game. They have the same name. It's not a coincidence. So I play the game because I want to understand.

All of a sudden, Lucille asks:

– How old are you, Helen?

– I'm twelve. I...

– Helen, how did you discover this?

– I find... I found articles on the Internet.

– All right, Helen, I'll read these articles, and you will find an adult, all right?

– Wait, I send you the articles, says Helen.

She opens a new window and looks for *Thrones of the Kingdom* and *Cyril Blain*. In the familiar list of articles, she clicks on the first link, *Man Found Unconscious. Online Game to Blame?*, and the *Toronto Star* article appears on the screen. She copies the link, pastes it in the *Friends* window of the game, and sends it to Lucille.

During the few seconds it takes her to read the text, Lucille remains silent. Then she asks:

– This is what happened to your dad?

– Yes. I think. This was in Canada but the man has the same name. There are other articles.

– Other articles about your dad?

– Other articles about Cyril Blain. The same name. They played the game and they are unconscious too.

– Send me the others...

Her tone is different, now, worried. She does not speak as Helen sends her one link after another.

PLACES
ENEMIES
QUESTS

Chapter Ten

FINDING CYRIL BLAIN

Lucille is talking but not to Helen. She's asking questions to other players, giving answers, moving from one conversation to another.

– Yes, they vanished from the game. Right. Can you ask around? Yes, it's important.

Lucille's talking to people in the game, but she's also calling people on Skype or on the phone. She always asks the same question:

– Do you know of anybody who stopped playing the game suddenly, who just vanished?

So far, the answers have been negative, but there are rumors.

– Yes, call me back. Love you too.

C'est Lucille qui a eu l'idée d'utiliser les historiques de connexion des personnages, le « log », cette petite fenêtre du jeu qui indiquait à Helen sur combien d'arbres elle s'était cognée quand elle a commencé. Ils contiennent tout ce qu'un personnage a pu dire ou faire dans le jeu, et ils sont librement accessibles pour ceux qui savent les chercher. Lucius Dorin a cessé de bouger subitement vendredi soir. Quarante minutes plus tard, Helen l'a trouvé, a éteint l'ordinateur et la partie a pris fin. L'historique ne leur a pas fourni la solution de l'énigme, mais il leur donne une piste à remonter, surtout si elles parviennent à comparer les éléments du jeu de Lucius avec ceux des autres « évanouis » au moment de leur disparition.

Lucille is making another call, when a message appears on Helen's screen:

Are you the girl who's looking to help her father? My brother's name is Cyril Blain too, and he hasn't been online for days. I tried calling his home, but he's not answering.

Do you have access to his character? Helen writes. *Maybe you can find clues* (des indices, according to the online dictionary). *We should make a list of places, of enemies, of quests. I have the list for my father, and we can compare.*

OK. I think I can get his password and the information. I'll text you as soon as I have it.

A ring.

Another ring.

Helen finally realizes that the phone is ringing in the house, not in the game.

It's Glenn. He wants to know if she's okay. She says she is and does not mention the game. She does not mention that he was supposed to come back early either, since she does not want him to remember what he promised. Then she hangs up and runs back to the computer.

Slowly, they receive information, from one player, then another. The American players have all woken up now. Helen finds that her father was a celebrity in the game, although most people only knew his character's name. She reads the information as it comes in and tries to find a connection between all the players, but they were in different places doing different quests at different times.

Then she finds it. She recognizes the name first, *The Pumpkin badge*. Her father has it: she saw it when she started the game. Another Cyril Blain has it too, then another, and another. They all have the badge, they all accomplished a mission for that pumpkin.

– It's a tavern! Lucille shouts when Helen tells her. *The Pumpkin Patch* tavern. You're right, they all went there!

– Why did he go to a tavern? Helen asks.

– If you want to go on a quest, you go to a tavern to listen to rumors and to find companions.

– We need to go there! Helen says. Can we go now?

– It's in a different city. Give me ten minutes, I'll find a way to transport us there. Stay where you are.

Helen renvoie l'information à tous ceux qui lui ont fait parvenir des historiques de partie dans les dernières dizaines de minutes. *The Pumpkin Patch*, la taverne du carré de citrouilles. Quand elle a terminé, Lucille est encore en train de mener plusieurs conversations simultanées. Helen essaie de se détendre le dos. Il est plus de minuit, ses doigts sont douloureux et sa gorge est sèche. Elle ne s'est jamais sentie si... efficace.

– Helen, are you there? Lucille asks.

Quand Helen reporte son attention sur l'écran, *Thrones of the Kingdom* l'absorbe de nouveau dans son monde. Elles n'ont pas bougé, mais la rue déserte dans laquelle Lucille et elle ont amené leurs avatars pour conduire leur recherche au calme est maintenant envahie par une foule multicolore dans laquelle des elfes étincelants discutent avec des guerrières à crinière de lion, des hybrides, des monstres, des nains et des mages. Des étincelles pourpres et des auras de lumière éblouissante baignent l'assemblée fantastique et témoignent de la puissance magique qu'elle concentre.

They are the legendary heroes of the game, the players who know everything about this world, and they have come for her. The « Friends » window on Helen's screen is filled with new and exotic names. Lucille introduces them:

– Some of them know your dad, some of them know me. They're all here to help.

Helen cannot speak. The emotion is simply too strong. She can just say:

– Thank you.

Chapter Eleven

THE ASSAULT

Lucille is speaking slowly, just for Helen.

– We need magic to go to the city where *The Pumpkin Patch* tavern is. Stay with the group, the magicians will transport us. Then we will enter the tavern and discover what happened to your dad. All right? Don't worry, you won't have to do anything, just watch!

– Wow, look at that!

That voice does not come from the game. Glenn is back, standing by the door of his bedroom. He is fascinated, not furious. He comes in and sits next to Helen.

A magician is making a gesture, he says a few magic words and – at the same time – the character's player clicks on a few buttons. The screen turns white. Then, they are in a different city. In front of them is a tavern, *The Pumpkin Patch*. It's a small brown building with three windows and an old door with a bright orange sign.

One of the elves, a majestic figure in blue and gold, touches the door:

– Hmmm. I'm not certain. There is magic in this place, but it's not like anything I have seen so far. It's probably powerful.

– If it took all those people, it must be powerful!

The dwarf who's just spoken has a Spanish accent. He is standing next to Helen, who does not know what she should do. It's her quest, her dad, but what can she do in such a company? Glenn senses her hesitation and encourages her:

– Stay with them. Stay in the group. Be ready! Remember, you're Lucius Dorin and you're a hero of this game. They can't see you, they only see him. They don't know you're just a kid.

Il a raison. Avec calme, Helen pose ses doigts sur le clavier et la souris, prête à utiliser ses armes et ses sorts. Autour d'elle, tous sont tendus, le regard fixé sur la petite porte de bois. L'elfe leur adresse un signe discret avant de déverrouiller l'entrée.

Derrière la porte, il n'y a rien, les ténèbres absolues d'un moniteur éteint, ne renvoyant au joueur que sa propre image. Ensuite, avec un sifflement douloureux, des créatures sortent de ce vide béant, longues traînées noires munies d'un visage grimaçant.

L'elfe est emporté le premier. Les premiers rangs de l'assemblée ne résistent pas plus longtemps, frappés avant que leurs joueurs ne se ressaisissent. Une salve de fenêtres surgissantes indiquent à Helen que tous ces joueurs ont été déconnectés subitement. En un instant, le groupe de héros est décimé, laissant Helen armes en main, frappant à l'aveugle sur les monstres brumeux qui l'entourent, la submergent. Du coin de l'œil, elle voit Glenn, lui aussi pétrifié par la surprise. L'opération de secours a tourné à la déroute sans même que le combat ait eu le temps de commencer. Autour d'elle, il ne reste plus que quelques avatars. Lucille est encore là un instant, impuissante, avant d'être emportée elle aussi. Puis Helen se retrouve seule, écrasée par ce qui vient de se produire, par ces quelques secondes durant lesquelles tout ce qu'elle a bâti au cours de la nuit lui a été enlevé. La fenêtre affichant ses contacts dans le jeu est vide désormais, à l'exception de la première ligne : « Lucius Dorin (Cyril Blain) », le nom de l'avatar et celui de son propriétaire.

Then the creatures stop.

A small character walks out of the tavern.

He's a boy. He looks younger than Helen, seven, maybe eight years old. When he speaks, his voice is soft and low:

– Dad, is that you?

This is wrong. This is Helen's question, they are here for Helen's dad. Yet, the boy asks again:

– Dad, can we go now? I don't want to play anymore.

Suddenly, Helen understands. The end of her quest is a little boy, more powerful than the strongest heroes in the game, searching for his dad.

– What's your name? she asks.

– You're not my dad. You're a girl!

He sounds shocked.

– My name is Helen, she says. I look... I'm looking for my dad. What's your name?

– I'm David, says the boy. Your character says your name is Cyril Blain. Cyril is not a girl's name! Cyril Blain is my dad!

He is difficult to understand. His voice is angry.

– It's my dad's name too, says Helen. Cyril Blain is my dad.

– That's impossible! He's not your dad. He's my dad! That's my dad's name! You're just like the others!

Glenn is close to her, trying to listen to the conversation.

– David, look on the Internet, she says. My name is Helen Blain. I live in Paris and I'm at school in Paris. Collège Jean-Jacques Rousseau. Find the site: it has a photo of me, and my name.

– The others used my father's name too, but I punished them.

– David, it's true, I promise. Trust me!

He is hesitating now. Helen tries to think fast. David Blain. She does not know anyone named David Blain, but the name is familiar. She has heard it or read it today.

– I should punish you too, David is saying. You don't have the right to say you're my dad! He's coming to save me and we'll go home.

Helen opens the articles about the unconscious players. David's name is not in the first. Where? She cannot see the *Thrones of the Kingdom* window any longer, but she can hear David and he can hear her. She continues talking to the boy:

– Where do you live, David? You and your dad?

– Near Phoenix! That's where my dad is!

Helped by the name, Helen finds the article about David and his dad. Phoenix, Arizona, in the United States. They were going home in their car, there was an accident, ten days ago. This is one of the articles she read this morning, before they entered the game, and as she reads it again, she suddenly understands. She screams:

– David! A car accident! You and your dad have... had a car accident!

Silence. Helen copies the address, then pastes it in the text-messaging window.

– David. This is you! In the article, this is you!

Silence again. Helen knows she's taking a risk, but she has no choice:

– David, your dad is not in the game anymore. He's in a hospital. You are in the hospital too! With him! Your father is fine, but they say you're in a coma.

Behind her, Glenn whispers a single word. « Ghost ». Un fantôme.

– David, Helen continues, your father is not in the game, and these people are not your father, they're just players. You must wake up and find your dad. You must give me my dad!

Soudain, l'écran devient noir.

Chapter Twelve

TOGETHER

Helen and Glenn are in front of the computer when Ingrid and Paul come in.

– I thought you were coming back tomorrow, Glenn says.

– What about your conference? Helen asks.

– I was worried, Ingrid says. We were both worried, so we decided to come back early.

– How do you feel? Paul asks Helen.

Helen hesitates. She is tired and sleepy, but she has solved the mystery. Maybe she has even saved her dad. Can she tell them about the game?

– I...

Before she can finish, the phone rings, and everyone is silent as Paul goes to the living room to answer it. He says a few words in French, then hangs up.

– That was the hospital, he says when he comes back. Your father is conscious!

Helen's mother is about to say something, to translate maybe, but Helen interrupts:

– So, when is Dad coming out of the hospital?

– Tomorrow or in two days. The doctors would like to study him some more. They don't understand what happened.

– So I'm staying here?

– Yes, for this week... at least. And now, young lady, you should be in bed.

As Ingrid and Paul leave, Glenn asks:

– So, who was that kid?

– There is another article about his father, Helen says, about the *other* Cyril Blain. It says he was working on the game, a developer. I think he had created an avatar for his son. Maybe he gave him powers too.

– And the boy got trapped in the game, you think?

– I don't know... I think he was playing, maybe during the accident... He became, you know, a sort of ghost. But maybe he can wake up now, maybe he can quit the game and be with his father... I hope he can.

They remain silent for a moment, then Glenn smiles and says:

– By the way, as you are staying here for the week, I thought we could play again.

– What, play *Thrones of the Kingdom* again? Helen asks.

– No, not *Thrones of the Kingdom*, I have other games. Less dangerous games, for two players. Or we could watch a movie if you prefer. I can even bring an extra chair in my room, so we can watch it on my computer. What do you say?

– I think I'd love that.

A few weeks later, things have gone back to normal. Paul drops her off at her Dad's apartment on a Friday night. Cyril opens the door with a timid smile. There is a woman next to him. She's small and beautiful, with short grey hair.

– Helen, I'd like you to meet Elisabeth.

– Hello Helen. It's nice to meet you.

Helen knows her voice, of course. Elisabeth is Lucille Lightswing. Helen hasn't told her dad about the night she spent playing the game for him. Maybe she will, one day. Elisabeth smiles and Helen understands she hasn't told him either. Then she notices her dress, a simple white dress dotted with small orange pumpkins. Of course.

– Hello Elisabeth, it's nice to meet you too.

– Helen, her father continues, Elisabeth is not just a friend. I think you understand. She's going to live here, with me. With us.

– That's great, Dad. I understand.

He looks surprised. He imagined a different reaction, a more difficult talk. He has prepared his explanation and she is not asking for one.

– Let me put my bag in my room and you can tell me how you met each other, says Helen with a big smile.

L'auteur

Nicolas Labarre vit à Bordeaux, où il enseigne la civilisation américaine à l'université Bordeaux-Montaigne. Il est l'auteur de plusieurs livres pour enfants et bandes dessinées généralement illustrés par sa sœur, Amandine Labarre, dont *Églantine* (2009), *La Forêt évanouie* (2010) et *L'Autre Herbier* (2015). Il aimerait avoir plus de temps pour jouer aux jeux vidéo mais se contente d'un *Galaga* de temps à autre.

Pour choisir son roman Tip Tongue

A1 INTRODUCTIF / DÈS LE CE2 - CM1 - CM2

• ANGLAIS

Jeanne et le London Mystery
CLAUDINE AUBRUN
ET STÉPHANIE BENSON
LONDRES (Angleterre)

Florimond à la recherche du Oxford Treasure
YVES GREVET
OXFORD (Angleterre)

Blanche-Neige et la Magic Frog
STÉPHANIE BENSON

Boucles d'Or et les Strange Bears
STÉPHANIE BENSON

Valentin et les Scottish Secret Agents
CLAUDINE AUBRUN
ET STÉPHANIE BENSON
ÉDIMBOURG (Écosse)

Jeanne et le Fake London Manuscript
CLAUDINE AUBRUN
ET STÉPHANIE BENSON
LONDRES (Angleterre)

A1 DÉCOUVERTE / DÈS LE CM2 - 6e - 5e

• ANGLAIS

Hannah et le trésor du Dangerous Elf
STÉPHANIE BENSON
DERRY (Irlande)

Tom et le secret du Haunted Castle
STÉPHANIE BENSON
AIRTH (Écosse)

Noah et l'énigme du Ghost Train
STÉPHANIE BENSON
DUBLIN (Irlande)

Qui a vu le Phantom of the Opera?
CARINA ROZENFELD
SYDNEY (Australie)

La malédiction du Welsh Red Dragon
STÉPHANIE BENSON
ABERGAVENNY (Pays de Galles)

• ALLEMAND

Martin et la Mysteriöse Kreatur
ROLAND FUENTÈS
MITTENWALD, HEIDELBERG (Allemagne)

Quatre fantômes im neuen Berlin
ROLAND FUENTÈS
BERLIN (Allemagne)

A2 INTERMÉDIAIRE / DÈS LA 5e - 4e - 3e

• ANGLAIS

Peter et le mystère du Headless Man
STÉPHANIE BENSON
SAINT STEPHEN (Angleterre)

Lilith et la vengeance du Dark Magician
STÉPHANIE BENSON
LONDRES (Angleterre)

Alex et le rêve de la New York Star
STÉPHANIE BENSON ET JAKE LAMAR
NEW YORK (États-Unis)

Hélène et les Disappearing Gamers
NICOLAS LABARRE
PARIS (France)

Lucas et la Chick Team
MAÏTÉ BERNARD
NASHVILLE (États-Unis)

Zoé et l'élixir of Eternal Life
HERVÉ JUBERT
BRIGHTON (Angleterre)

• ALLEMAND

Emma et la japanische Mangaka
ISABELLE COLLOMBAT
LEIPZIG (Allemagne)

Mathéo et la tolle Mädchen
MYRIAM GALLOT
FRANCFORT-LANDENBURG (Allemagne)

• ESPAGNOL

Benoît et la bande de los Moteros
MAÏTÉ BERNARD
IBIZA (Espagne)

Tournage al Alcázar de Sevilla
LAURENCE SCHAACK
SÉVILLE (Espagne)

Je suis un verdadero Argentino !
LAURENCE SCHAACK
BUENOS AIRES (Argentine)

B1 SEUIL / DÈS LA 3e - 2nde - 1re

• ANGLAIS

Hidden Agenda
CHRISTOPHE LAMBERT ET SAM VANSTEEN
SAN FRANCISCO (États-Unis)

La traversée du Time Tunnel
STÉPHANIE BENSON
EPSOM (Angleterre)

Dylan Dilemma
STÉPHANIE BENSON
NEW YORK (États-Unis)

Loi n° 49-956 du 16 juillet 1949
sur les publications destinées à la jeunesse,
modifiée par la loi n° 2011-525 du 17 mai 2011.

Mise en pages : DV Arts Graphiques à La Rochelle
N° éditeur : 10244060 – Dépôt légal : janvier 2016
Achevé d'imprimer en février 2018
par Jouve (53100, Mayenne, France).
N° 2690290J

IMPRIM'VERT

MIXTE
Papier issu de
sources responsables
FSC® C022030
FSC
www.fsc.org